CORK CITY LIBRARY
WITHDRAWN
FROM STOCK

Copyright © 2003 Uitgeverij Clavis, Amsterdam - Hasselt
Dual language copyright © 2004 Mantra Lingua
First published in 2003 by Uitgeverij Clavis, Amsterdam - Hasselt
First dual language publication in 2004 by Mantra Lingua
All rights reserved
A CIP record for this book is available from the British Library.

Published by Mantra Lingua
5 Alexandra Grove, London N12 8NU
www.mantralingua.com

TORY TOP ROAD
BRANCH

Floobi Saaxiibadii

Floppy's Friends

Guido van Genechten

mantra

Maalinkasta, dugsiga dabadii, Floobi
wuxuu u baxaa in uu la soo ciyaaro saaxiibadii.
Floobi saaxiibadii waxay lahaayeen baaxad
walba iyo midab walba laakin…

Every day, after school,
Floppy went out to play
with his friends.
Floppy's friends were all
sizes and colours but…

CITY
LIBRARY
CORK
5012371

waxay waligood la ciyaaraan
bakaylayaasha u eg iyagoo kale.

they only ever played with the rabbits
who looked like them.

"Waxaan rabi lahaa in aan dhammaantayo wada ciyaari karnno," ayuu ku fakiray Floobi.

"I wish we could all play together," thought Floppy.

Ugu horraynba Floobi ayaa u orday si uu ula
ciyaaro bakaylayaasha cadcad ciyaarta la
yidhaahdo ha-ridin-dabo-casaha.

First Floppy ran to play don't-drop-the-carrot
with the white rabbits.

Floobi marna muu ridin dabo casaha,
xataa markuu lugta kaliya ku boody.

Floppy didn't drop the carrot once,
not even when he hopped on one leg.

Markii ku xigay Floobi wuxuu la ciyaaray bakaylayaasha midabka dambaska leh ciyaarta warqadda xadhiga leh ee cirka loo duuliyo.
"Kor, kor oo fogow!" ayuu ku luuqeeyay Floobi.
"Laakin ka fiirso dagistaada."

Next Floppy played fly-a-kite with the grey rabbits.
"Up, up and away!" chanted Floppy.
"But watch your landing."

Markaasuu la ciyaaray Floobi bakaylayaasha
bunniga ah ciyaarta bootada raha.
"Kor u bood oo ka kor bood!"
ayuu Floobi ku luuqeeyay.

Then Floppy played leapfrog with the brown rabbits.
"Jump up and jump over!" chanted Floppy.

Ugu danbyntii Floobi wuxuu la ciyaaray
bakaylayaasha madow ciyaarta treenada.
"Ma noqon karaa wadaha?" Floobi ayaa waydiiyay.
"Waa hagaag," ayay ku yidhaahdeen
bakaylayaashii madoobaa.
Waxay xasuusteen markii ugu danbaysay ee Floobi treenka
dhexdiisa saaraa, in uu sameeyay duqayskii ugu waynaa!

Finally Floppy played trains with the black rabbits.
"Can I be the driver?" asked Floppy.
"Ok," said the black rabbits. They remembered the last time Floppy
was in the middle of the train, he caused the most enormous crash!

Galinkii danbe ee ku xigay ayuu geed hoostii istaagay bakyle
yar oo kaliya.
Midabkiisu muu caddayn danbasna muu ahayn. Midabkiisu
bunni muu ahayn manuu madoobayn. Wuxuu lahaa barabaro
isugu jira bunni iyo caddaan.
Wuxuu daawaday dhammaan bakaylayaashii oo waqti fiican
qaadanaya markaasuu doonay in uu ku biiri karo.
Laakin isagoo ku cusub awgeed midna kamuu garanayn,
manuu garanayn ciyaarahooda.

The next afternoon under a tree stood a lonely little rabbit.
He wasn't white and he wasn't grey. He wasn't brown and he wasn't black.
He was dappled brown and white.
He watched all the rabbits having fun and wished that he could join in.
But being new he didn't know anybody and he didn't know their games.

Markii uu Floobi arkay bakaylihii cusbaa
ayuu u tagay. "Hay, anigu waxaan ahay Floobi.
Waa maxay magacaagu?" ayuu waydiiyay.
"Saami," ayuu ku yidhi bakaylihii barabarha lahaa.
"Kaalay oo ciyaar," ayuu Floobi ku yidhi.
"Laakin anigu gran maayo sida loo ciyaaro
ciyaaarihiina," ayuu Saami ku yidhi.
"Haka warwarin. Anigaa ku tusidoona,"
ayuu Floobi ku yidhi.

When Floppy saw the new rabbit he
went over to him. "Hi, I'm Floppy.
What's your name?" he asked.
"Samy," said the dappled rabbit.
"Come and play," said Floppy.
"But I don't know how to play
your games," said Samy.
"Don't worry. I'll show you,"
said Floppy.

Floobi ayaa tusay saami ciyaartii ha-ridin-daba-casaha.
Floobi ayaa daba-casihii saaray madaxiisa markaasu la socday.
"Way fiicantahay," ayuu saami ku yidhi.

Floppy showed Samy don't-drop-the-carrot.
Floppy put the carrot on his head and off he went.
"Cool," said Samy.

Markii Saami ayay noqotay. Daba casihii ayuu madaxiisa saaray.
"Eeg, way fududahay!" ayuu ku yidhi Floobi.

Then it was Samy's turn. He put the carrot on his head.
"See, it's easy!" said Floppy.

"Waxaan garanayaa ciyaar aad u fiican,"
ayuu yidhi Saami, "Bood-joogso-foodhi."
"Sideed u ciyaartaa taas?" ayuu Floobi waydiiyay.
"Adigu bood, joogso markaasna foodhi: WHIII!"
Floobi intuu qoslay ayuu yidhi, "Way fiicantahay."

"I know a really cool game,"
said Samy, "skip-stop-whistle."
"How d'you play that?"
asked Floppy.
"You skip, stop and whistle:
Wheeee!"
"Cool!" laughed Floppy.

Bakaylayaashii kale ayaa u yimid in ay arkaan waxa meesha ka socda.
"Kani waa Saami," ayuu yidhi Floobi.
"Saami," intuu qoslay bakayle wayni.
"Waxay ahayd in loogu
yeedho barabaraale."
Dhammaantood way qosleen,
dhammaantood Floobi
iyo Saami mooyaane.

The other rabbits came to see what was going on.
"This is Samy," said Floppy.
"Samy," giggled a big rabbit. "He should be called Spotty."
They all laughed, all except Floppy and Samy.

"Barabaraale! Barabaraale! Saa-mi waa bara-baraale!" bakaylayaashi kale ayaa ku luuqeeyay.

"Spotty! Spotty! Sa-my is spo-tty!" the other rabbits chanted.

"Joojiya!" ayuu Floobi ku qayliyay.
"Samu wuxuu yaqaanaa ciyaar aad u fiican."
"Hayaay! Waa maxay taasi?"

"Stop it!" shouted Floppy.
"Samy knows a really cool game."
"Oh yeah! What's that?"

"Duuli dabacase-warqadda xadhiga leh-bootada
raha-treenka korkiisa oo leh bood, jooji oo foodhi."
"Hadaba sidee baa taa u ciyaartaan?"
waxa waydiiyay bakaylihii waynaa.

"Fly-a-carrot-kite-leapfrog-on-the-train
with a skip, stop and whistle."
"How d'you play that then?"
asked the big rabbit.

"Waa hagaag," ayuu yidhi Floobi. "Adigu waxaad saartaa
dabacase madaxaaga, duuli warqadda xadhiga leh,
bootada raha-treenka-ku-kor-samay,
bood, joogso oo foodhi: WHIII!"
Bakaylayaashii oo dhan ayaa ku biiray
ciyaartii Saami ee fiicnayd.

"Well," said Floppy. "You put a carrot on your
head, fly-a-kite, leapfrog-on-the-train,
skip, stop and whistle: WHEEEE!"
All the rabbits joined in
Samy's cool game.

CITY LIBRARY CORK

Markaasay Floobi saaxiibadii wada ciyaareen dhammaantood!

And ALL Floppy's friends played together!